AF468364

DE L'ADRESSE.

> Le jour où le gouvernement n'existera que par la majorité de la chambre ; le jour où il sera établi en fait que la chambre peut repousser les ministres du Roi. . . . . . .
> Ce jour-là, nous sommes en république.
> (*M. Royer-Collard*, 1816.)

PARIS,

A. PIHAN DELAFOREST,

IMP. DE MONSIEUR LE DAUPHIN ET DE LA COUR DE CASSATION,

rue des Noyers, n° 37.

1830.

Extraits de l'Annuaire historique pour 1820.

La monarchie légitime et la liberté sont les conditions absolues de notre Gouvernement : séparez la liberté de la légitimité, vous allez à la barbarie. (*M. Royer-Collard*).

Faut-il changer la loi pour conserver la monarchie légitime, ou faut-il changer la monarchie légitime pour conserver la loi? (*Le rapporteur de la commission*).

L'existence de la faction révolutionnaire, de cette faction irréligieuse, immorale, amie de l'usurpation, ennemie de tout frein, de toute autorité légitime, vous a été signalée. Elle parle dans les journaux ; elle siège dans les comités directeurs. (*Le Garde des sceaux*).

Cette puissance de faire une révolution, à qui peut-elle appartenir aujourd'hui? interrogez vos consciences et demandez-vous où gît, en France, le pouvoir des révolutions. (*Le ministre des affaires étrangères*).

Si on nous reproche notre conduite politique, notre alliance avec ce qu'on appelle le parti de l'aristocratie, si on en demande le motif, le voici : c'est la peur de périr. (*Le même ministre*).

Au moment de la discussion de l'adresse, il paraît à propos de remettre sous les yeux, un extrait de l'écrit intitulé *La Royauté* : non qu'il n'eût été facile à quelque autre écrivain de traiter plus dignement un tel sujet, mais parce qu'aucun autre ne s'est attaché à rendre la vérité en une façon précise et positive.

Ne parlons pas de ce parti dont les différentes sections ralliées par circonstance et emportées outre mesure, en sont venues à professer le principe, à appliquer les conséquences de la souveraineté du peuple.

De l'autre bord, on pousse également à l'extrême, ressuscitant les maximes surannées de la monarchie absolue, représentant la couronne comme possédant encore le pouvoir constituant, enfin réclamant une interprétation ou même une réformation de la charte.

Et qui pis est, l'exposition de ces périlleuses doctrines est trop souvent appuyée par une bordée d'injures contre des personnes qui peut-être étaient disposées à revenir de leurs erreurs.

Dans l'écrit cité, la question est posée en un tout autre sens.

La royauté est liée par la charte qu'elle octroya : comme aussi les autres pouvoirs sont soumis à la charte qui fut acceptée.

S'ils franchissent les limites, s'ils sortent de la sphère, ce n'est pas un droit seulement, c'est un devoir qui appartient à la royauté, de les faire rentrer dans l'ordre.

Elle est chargée de défendre la cause de la charte, qui cesserait ainsi d'exister; de défendre la cause de la société, qui ne tarderait pas à se dissoudre.

Il lui faut périr plutôt que céder, par cela même qu'en cédant, il lui faudrait périr aussi.

Nous en sommes là.

Veut-on ou ne veut-on pas un roi? Et, par suite, veut-on ou ne veut-on pas la charte?

C'est sur ce point seul que doit rouler la discussion de l'adresse : c'est par une boule blanche ou noire que se fera connaître la résolution.

Qu'on y prenne garde : il ne s'agit nullement des ministres, existences passagères et fugitives.

Il s'agit uniquement de l'être de la royauté, être immuable, inaltérable, irréfragable.

Déja, combien d'atteintes n'ont-elles pas été portées à ses droits tutélaires?

Déja, combien d'affections n'ont-elles pas été détournées de leur ligne naturelle?

Malheur à ceux qu'un motif quelconque exciterait à agir de concert avec ses ennemis !

Malheur à ses ennemis mêmes, qui travailleraient à l'ébranler, à l'avilir, à l'annuler !

Car alors, sauf que la royauté dût sortir victorieuse de ce combat à outrance, on verrait se réaliser cette terrible prédiction d'un orateur non suspect.

Si M. Huskisson se prononçait ainsi contre la réforme des lois d'élection, c'est qu'il pressentait qu'une chambre formée par le nouveau mode, et dominée par l'influence populaire, tendrait à usurper tous les pouvoirs.

Or, en France, où cette influence existe à un haut degré, la chambre doit d'autant plus se retenir, doit d'autant plus être réprimée, étant fortement entraînée sur les mêmes voies.

Discours de M. Huskisson, 23 février 1830.

« Il s'est toujours opposé à une réforme générale, et s'y opposera toujours. Il ne nie pas
« qu'une réforme qui romprait les barrières et
« diviserait le pays en une autre façon, pourrait
« réussir dans des temps de calme, et servir alors
« les intérêts publics assez favorablement. Mais
« il croit, en sa conscience, qu'une altération
« aussi extensive, à la première occurrence d'une

« excitation populaire, à laquelle les esprits ne « sont que trop bien disposés, amènerait des « conséquences qui se termineraient par la sub- « version de la constitution; et, après une pé- « riode de calamité, de confusion, d'anarchie, « nous soumettrait à quelque féroce démocratie « ou au despotisme militaire; et très probable- « ment, suivant l'ordre naturel qu'ont suivi géné- « ralement de semblables convulsions, nous « conduirait à travers une tyrannie pour nous « livrer à l'autre. »

Telle est, à l'usage de la chambre, la leçon qui arrive de ce grand pays, de cette terre classique de la liberté, maintenant vouée aux mépris du romantisme libéral.

Comme aussi, pour la gouverne du cabinet, s'offre le sage et noble exemple du ministère anglais, qu'il a déja suivi en quelques occasions, qu'il aurait suivi dans une plus grande latitude, si le bien n'avait été repoussé de sa part; qu'il est tenu de suivre avec constance et énergie, sous peine d'être abandonné par tous les hommes de bien et de sens; enfin qu'il ne pourrait manquer de suivre, sans trahir son devoir, son honneur, deux points à l'égard desquels le soupçon n'a pas encore osé l'atteindre.

Discours de M. Peel, 12 février 1830.

Nous avons fait le plus grand sacrifice que nous puissions faire pour le bien public, et seulement pour le bien public : nous n'avons fait et nous ne ferons aucun sacrifice à l'effet de rester en place. Nous sommes déterminés à persévérer dans cette politique qui, pendant qu'elle s'efforce à maintenir toutes les institutions importantes du pays, nous inspirera aussi d'appliquer à ces institutions les réformes modérées que le changement des circonstances peut avoir rendues nécessaires. Quelles que soient les mesures qui nous paraissent favorables aux avantages permanens du pays, nous les proposerons aussitôt; mais nous n'en proposerons aucune qui puisse n'être pas solide. Nous n'irons jamais, pour la vaine recherche d'une popularité temporaire et fugitive, précipiter la contrée dans un état de crise subversive.

Tels sont les principes de notre politique.. Je dis ces choses avec une parfaite tranquillité : quelles que soient les combinaisons de partis qui puissent se former dans cette chambre, nous avons la confiance que le bon sens du pays prévaudra, et que, sans être affecté par l'influence des *ultra-whigs* ou des *ultra-torys*, il sanctionnera définitivement et confirmera la marche que nous avons l'intention de suivre.

« Incomparable dynastie ! N'est-ce pas du chaos, sinon du néant, qu'autour d'elle, que par elle, a été créée la patrie.

« Qu'était la France, lors de l'avènement de la maison régnante ? Son domaine, alors resserré sous les étroites limites de la Loire et de la Somme. Qu'est la France après huit siècles écoulés sous de tels auspices ? Sa conquête, maintenant étendue entre trois mers lointaines.

« Si jamais un roi fut en droit de disposer d'un peuple, c'eût été le roi sans lequel il n'existait pas de peuple, ce serait le roi sans lequel il n'existerait plus de peuple.

« Et voyez, lorsqu'une tempête enleva le chef de l'Etat, comment pour prévenir la dissolution de la société, il a fallu que la terreur, que la tyrannie vinssent la comprimer sous une chaîne d'airain.

. . . .

« Le roi perdu, la France est perdue, l'Europe est perdue.

« Au dedans, on se divise, on se déchire : et les crises se succèdent, les formes se supplantent. Le sceptre tombe de plus en plus bas, s'abîme enfin et se perd dans la boue; sans que, pour le relever, un treize vendémiaire, un dix-huit brumaire, puissent désormais enfanter le sauveur de l'anarchie.

« Au dehors, les cabinets s'émeuvent et les peuples se troublent; il faut ou que la révolution rapide comme l'éclair, dévorante comme la foudre, embrase sur l'heure même tout le continent; ou que les armées enorgueillies de l'Europe se ruent encore une fois, contre les troupes mal ralliées de la France : lutte fatale dont les succès comme les revers, un jour ou l'autre, aboutissent à la conflagration générale.

. . . .

« Non, ce n'est pas le coup mortel.

« En France, de même que le roi ne meurt pas, la royauté ne meurt pas non plus : on la verrait encore, ainsi que le fabuleux oiseau, renaître de ses cendres depuis long-temps glacées.

« Vaine espèce humaine! qu'elle veuille ou non, qu'elle agisse ou non, la force des choses la mène, la ramène.

« Et cette royauté de France qui sert de jouet aux uns, qui paraît aux autres comme un fétu, c'est encore le noyau, le pivot de la civilisation humaine : si bien qu'il faudrait à ceux-là même, dont les coups auraient renversé ses autels, accourir bientôt la larme à l'œil et l'effroi dans le cœur, pour les relever, pour y replacer l'objet de notre culte. »

(*La nouvelle Chambre*, 8 décembre 1827.)

Eh mais! ils en savent autant que nous, c'est-à-dire les chefs de bande; car les sectaires ne savent ni ceci, ni cela, ni rien : l'opinion leur est jetée, en façon de boulettres empoisonnées qui passent sans obstacles à travers le gosier.

Ils le savent bien ; veut-on en acquérir la preuve? qu'on essaie de leur donner à craindre l'abdication du roi.

Et mieux vaudrait mille fois que le roi abdiquât, acte volontaire, acte magnanime, que s'il se laissait asservir, acte qui n'a pas de nom dans la langue, au moins pour notre dynastie.

Le roi abdique. C'est comme si le soleil dont l'influence indicible, ineffable, pénètre et vivifie toute la nature, se retirait de nos terres, emmenant à sa suite et la lumière et la chaleur.

Le roi abdique. Que ferons-nous de ce bloc de marbre, disait le sculpteur grec? un vase ou une statue? Que ferons-nous de ce bloc, de cette masse de peuple, informe aussi, impassible aussi? Une république ou une monarchie?

Une république! comment l'imposer à ces êtres, qui tous sont absorbés par de sordides intérêts, dont pas un peut-être, ne sait, ne sent ce que c'est que la chose publique?

Une monarchie! où prendre, où enlever la tête à affubler de cette couronne d'occasion? Jamais la plus insigne trahison ne se prêterait à accepter la charge odieuse : jamais la plus insensée politique ne s'offrirait à courber le front sous le poids écrasant.

Que la faction quête plutôt dans ses rangs. Les prétendans sont presque en même nombre que ces parvenus qui, ayant déja franchi tant de degrés de bas en haut, s'imaginent que le dernier pas ne coûte pas plus que le premier.

Pour les contenter, il y aurait à faire sauter la couronne d'une tête à l'autre, de jour en jour, de minute en minute; ou à diviser la contrée en mille et mille fractions de souveraineté.

Au premier bruit que le roi abdique, on verrait et les loyales, les perverses ames, et les nobles, les lâches caractères, et les grands, les petits esprits, tous d'accord enfin, tous d'une voix unanime, s'écrier :

« Sire, nous sommes votre peuple et vous êtes notre « roi : disposez de nous, sauvez-nous d'eux, préservez-« nous de nous-mêmes. »

Les ministres servent de point de mire; le cabinet est pris pour champ de bataille. Que ce soient les ministres actuels, ou leurs devanciers, ou leurs successeurs, la guerre se servant d'armes différentes, est de même une guerre d'extermination.

Il n'y aura trève qu'après avoir enlevé à la pointe de l'épée les siéges du cabinet; il n'y aura paix qu'après avoir mis à néant la prérogative de la couronne.

Dans la vérité, la prérogative ne s'exerce librement et pleinement que dans l'acte de la nomination des ministres : car une fois saisis des portefeuilles, en s'enveloppant sous le manteau de la responsabilité, ils se dérobent à l'influence de la couronne.

C'est dans cet acte seul où elle respire; c'est dans cet acte même qu'il convient de l'attaquer, de l'étouffer.

Pour peu que la prérogative garde un principe de vie, il lui est loisible d'aviser à l'état de l'opinion, d'y approprier à un certain point le cabinet; et, chose étrange, en se trompant parfois, en variant trop souvent, l'abus même consacre le droit, consolide l'ascendant.

Mais alors que la prérogative aurait été frappée de mort, la honte dont est saisie la royauté, le mépris qui s'appesantit sur elle, ne lui permettent plus de ressusciter en sa vigueur première. De façon que le sort du ministère existant à l'époque fatale, est resserré entre ces deux termes : ou de tyranniser n'étant plus sous le coup de la destitution, ou de se laisser mener au gré des caprices de la Chambre.

Il faut abattre la prérogative, se dit-on d'un bord : il faut maintenir la prérogative, s'écrie-t-on de l'autre bord.

Là, est le combat, et le combat est à outrance.

Toutefois, pour les défenseurs, non plus que pour les agresseurs, il n'est nullement question de la nomination faite de telles personnes, mais seulement de la nomination faite par la couronne.

La couornne a usé d'un droit, du droit le plus précieux : un acte, un fait en résulte. Est-il fâcheux ? Le droit demeure pour remédier au mal : serait-il funeste au plus haut degré, la violation, la destruction du droit rendrait le mal incurable.

Ainsi l'entendent les amis de l'ordre, les alliés de l'autorité : si bien que le cas advenant, on les verrait soutenir de toute leur puissance, par cela seul qu'il émanerait du droit suprême, du droit tutélaire, tel choix éphémère de sa nature, qui contrarierait le plus leurs vœux et leurs espoirs, qui les tourmenterait des plus sinistres présages.

Non sans se réserver d'éclairer par des conseils, s'il y avait lieu, la religion surprise du monarque, et de combattre, même au risque de lui déplaire, les projets erronés du cabinet !

Que l'ame se retire du corps ! il reste un froid et morne squelette, une carcasse calcaire, dont la tête rencontrée par les fossoyeurs, est jetée d'un coup de pelle.

Que la prérogative soit enlevée au trône ! il reste quelques planches recouvertes de velours, sur lesquelles s'élancent et se combattent et se renversent tour à tour, les saltimbanques de l'ambition.

Chose triste et pourtant vraie ! Pour le repos, pour le maintien de l'ordre social, mieux vaudrait l'usurpation flagrante qui se serait saisie de la prérogative, que l'antique légitimité qui s'en laisserait déposséder.

Ailleurs a été dite la loi des sujets ; ici est dite la loi du prince.

Que ses ministres soient blâmés dans leurs actes, soient accusés et condamnés pour leurs actes ; ces actes sont de de leur fait : rien de mieux.

Que les ministres soient attaqués, injuriés, diffamés, au seul bruit de leurs noms ; ces noms sont de son choix : rien de pire.

Et c'est à la menace surtout que le devoir commande de résister : c'est à la violence, d'autant qu'elle est plus effrénée, que l'honneur défend de céder.

La force a-t-elle raison ? elle est de même en tort : la force aurait-elle de bonnes intentions ? elle serait de même criminelle dans l'exécution.

D'un seul coup, la force tue le droit : et se jouant de son

premier triomphe, se promenant de hasard en hasard, répugnant à se fixer à demeure, rarement il est donné au droit de renaître sous les auspices du temps.

Or, l'être du prince (1), y compris ses attributs, c'est le droit, immuable, inviolable; et le parti, ou plutôt les partis, car l'aggrégation factice se brise aussitôt, se divise en mille fractions hostiles, le parti, c'est la force, instable, variable.

Le prince périt-il, en sa personne? Après quelques instans d'anarchie, un prince lui succède, puis un autre, toujours un prince : et l'État vit ou renaît.

Le droit périt-il dans le prince ? Après une longue crise d'anarchie, il est besoin, pour qu'il ressuscite, d'un plus long règne de l'ordre : et l'État languit, s'éteint peut-être.

---

(1) La légitimité rend sensible à tous dans une image révérée, le droit, ce noble apanage de l'espèce humaine, le droit sans lequel il n'y a rien sur la terre....

Une société nouvelle s'était élevée : cette société était barbare : elle n'avait pas trouvé, ni acquis le vrai principe de la civilisation, le droit....

La légitimité qui seule en avait conservé le dépôt, pouvait seule le lui rendre ; elle le lui a rendu. Avec la race royale, le droit a commencé à lui apparaître. (*M. Royer-Collard*, 1820.)

Il faut tenter de s'élever à un nouvel ordre d'idées, à un ordre transcendant d'idées, lequel ne ressort point, ne dépend point du code des stipulations, rassemblées sous le titre de la charte; et dérive cependant du même principe dont est dérivée la charte, mais en y prenant sa source de plus haut; et réside essentiellement en ce principe, au lieu que la charte ne s'y rapporte qu'en une façon accidentelle : lequel, en conséquence, se tient à l'abri des attaques, se montre à l'appel des menaces qui proviendraient de la charte, de l'ordre légal,

La loi de l'homme est constamment soumise à la loi des choses; sa volonté, sa pensée même, ne sont point douées d'atteindre au fond, sont limitées à régler les formes. Il leur faut procéder par la voie périlleuse des fictions, à la lumière équivoque des présomptions.

Aussitôt qu'il s'est entendu lui-même, l'esprit humain a parlé, et s'est dit, non sans raison.

« Dans la nature, tout a vie, tout est en harmonie; rien n'est nul et stérile. La cause emporte une fin; les moyens enfantent des droits.

« L'intelligence étant donnée, elle doit être exercée justement au point où elle est parvenue; et, dans ce rapport, elle doit régir exclusivement l'intérêt privé, régir concurremment les intérêts ralliés ou l'intérêt public

« Mais l'intelligence est dispensée à des degrés différens, est répartie entre un nombre immense d'individus ; il n'y a pas moyen d'extraire de cette foule de volontés, un vœu général, un vœu unique.

« La loi se voit forcée de restreindre l'exercice de la volonté, en tant qu'il est question de l'intérêt public, dans un cercle tracé sur l'échelle des capacités relatives. »

Ainsi parla l'esprit, ou plutôt l'instinct, lequel n'est à bien dire que l'esprit naïf, que l'esprit commun du genre humain.

Et malheur aux empires, où des politiques à vue trouble et louche, font mépris des droits progressivement attribués par l'Éternel, dans la mesure du développement de la perfectibilité sociale, dont le principe fut, par un effet de sa grace, inoculé à sa créature favorite,

Où de prétendus hommes d'État, font mépris des moyens applicables en la même raison, au maintien de l'ordre et aux progrès du bien-être, à l'aide de cet accord précieux des volontés, de ce puissant concours des intelligences, qui résultent du système, connu sous le nom vague et faux de représentatif.

Et malheur aussi, aux peuples que de vains sophismes égarent, que des factions perfides entraînent jusqu'à pousser au-delà du juste degré, du degré possible, les conséquences naturelles d'un tel système ; car en franchissant la limite ou seulemennt en forçant le mouvement, d'abord on aura ébranlé, abattu, ce qui existait, et qui du moins, à ce titre, appelait le respect, apportait un appui ; puis, on ne saura comment fonder, édifier, ce qui doit apparaître en place, soit par le défaut des ressources matérielles, soit par le manque des pouvoirs intellectuels.

Nous en sommes là.

Qu'on suive les factieux ; ils font leur métier, et l'État est perdu.

Qu'on se fie au roi ; il fera son devoir, et l'Etat sera sauvé.

Le droit du roi, le délit des factieux sont également faciles à reconnaître.

Sur les débris de ces dogmes primitifs, le droit divin des couronnes et la suprématie du Saint-Siège, s'élance et s'agite le principe plus vivace de la souveraineté du peuple.

Or, c'est peine oiseuse que de se débattre sur la vérité et la fausseté de quoi que ce soit, devant la nécessité qui commande, que de se mettre en quête des idéalités, en ces temps qu'ont envahis les réalités.

Contre le principe de la souveraineté du peuple, une objection seulement est bonne à faire.

C'est qu'il ne peut être mis en pratique.

Essentiellement, l'attribution du droit serait personnelle et la participation à l'acte serait égale : la majorité numérique ferait autorité.

Et ne disons pas que le premier mouvement de la majorité tendrait à dépouiller, à exterminer la minorité : donnant l'exemple le plus séduisant, à la nouvelle majorité qui se formerait dans l'ancienne devenue ainsi la totalité : sans qu'il y eût une fin possible, que sous le morne règne du dernier survivant.

Mais à l'égard des intérêts sociaux, en tout pays, à peine un centième des individus enfouis dans la masse nationale, est susceptible d'avoir autre chose qu'une opinion d'emprunt ou de hasard, qu'une volonté de commande ou de caprice.

Le reste est à rayer.

C'est un centième qui exercerait la souveraineté du peuple, de force répudiée par la grande masse.

Encore en France, ce centième est diminué des quatre cinquièmes, est restreint au cinq centième.

Lequel cinq centième, au moins pour les trois quarts, élit sans trop y songer et sans y rien entendre, quatre cents organes ou mandataires toujours faillibles, parfois perfides, qui une fois sur leurs sièges, se disent les maîtres, même se font les maîtres s'il y a lieu (1).

Dans cette formation de l'autorité parlementaire, on voit que la majorité légalement calculée, doit toujours rester au-dessous d'un cinq centième, et moralement appréciée, ne peut guère atteindre au millième.

---

(1) « Le choix du peuple ne peut être infirmé, ni par l'intervention des collèges électoraux, ni par l'action de la chambre des représentans. L'expérience prouve que plus les intermédiaires chargés d'exprimer ses volontés sont nombreux, plus il y a de danger que le peuple soit frustré dans ses désirs. Quelques-uns peuvent être infidèles; tous sont sujets à l'erreur....

« Mais, même sans corruption, en supposant que la probité du représentant soit à l'épreuve des motifs les plus puissans, la volonté du peuple est constamment exposée à être méconnue. L'un peut errer par ignorance de ce que désirent

Donc elle ne se rapporte point, ne se rattache point au principe de la souveraineté du peuple.

Donc elle est fondée seulement sur ces deux présomptions, que les intérêts généraux seront mieux soutenus par des députés que par des ministres, et que le balancement des pouvoirs parviendra à régler les mouvemens, à rectifier la direction.

Tout est fiction et présomption; tout est d'un ordre équivoque.

En point de fait, il y a seulement des pouvoirs corrélatifs, coréactifs.

C'était justice que les intérêts en se compliquant, que les lumières en se répandant, que les volontés en se prononçant, fussent appelés vers un centre, fussent concentrés dans un foyer.

C'était prudence que l'antique dynastie écoutât la société nouvelle, ralliât les corps militaires, judiciaires, administratifs, élevât le rempart des chambres au-devant des intrigues de cour.

Et quinze années ont fortifié encore les motifs déterminans de justice, de prudence.

---

ses commettans, un autre par la conviction qu'il est de son devoir de s'en rapporter à son seul jugement....

« Dans de certains cas, l'élection appartient à la chambre des représentans, où, cela est évident, la volonté du peuple peut n'être pas toujours parfaitement constatée, et où, quand elle l'est, elle peut n'être pas prise en considération. » (Message du président des États-Unis, *journal du Commerce* du 12 janvier.)

Mais la représentation étant fictive, étant conventionnelle, n'a aucun titre à se prévaloir au-dessus de la royauté, ni même de la pairie, par l'artifice d'un *veto* obstiné, ou d'une initiative impérieuse.

La représentation étant temporaire et variable, il n'est pas prescrit de plier sous ses volontés qui ne seront pas celles de la Chambre suivante, devant ses velléités qui ne seront pas celles de la session prochaine.

La représentation étant tantôt faussée dans l'élection même, tantôt fausse à l'égard de l'opinion générale, il est défendu d'obéir à des votes qui seraient contraires aux intérêts du pays.

C'est ainsi que l'esprit, l'instinct de l'homme s'est compris lui-même ou du moins doit être compris.

En première ligne, les intérêts ont droit à être garantis dans leur existence et protégés dans leur croissance.

En seconde ligne, les intelligences ont titre à être interrogées et les volontés à être consultées.

Or, dans l'ordre social, tout est intérêt : et à Dieu ne plaise que l'intérêt moral et intellectuel ne soit pas mis au-dessus de l'intérêt matériel et sensuel !

Tout est intérêt : tous ont des intérêts, également sacrés, sans acception de leur importance ; ou pour mieux dire, progressivement sacrés, en raison de leur ténuité relative, qui les rapproche des limites de la nécessité,

Tel est le principe capital, qui sans doute était en lieu d'être opposé à l'aristocratie féodale, qui est encore plus en lieu d'être opposé à l'oligarchie électorale.

Tous ont des intérêts. Et fort peu ont une intelligence sous le point de vue des questions politiques : et beaucoup moins ont une volonté, dans l'absence de l'engouement des passions, de l'influence des excitations ; les unes et les autres qui l'entraînent, et l'isolent de l'intelligence, la retournent contre l'intérêt vrai.

Dans aucune chambre élective (1), il n'est représenté, pour se servir de cette expression banale, qu'une petite fraction des intelligences, dont le plus grand nombre n'est point appelé ou ne s'emploie pas à la confection de l'œuvre; qu'une fraction minime des volontés, dont la grande majorité est inhabile à concevoir ou impuissante à concourir.

Et comment donc admettre que telle chambre existante en ce jour, que toute chambre existante à l'avenir, et encore sous le type de la majorité, souvent si mince, si variable, soit douée à titre souverain, non pas d'avoir constamment une volonté juste et sage, ce que personne ne suppose, mais bien d'avoir une autorité exclusive, absolue, comme quelques-uns osent le prétendre :

---

(1) Il faut en excepter la chambre des communes, dont chaque membre, élu par telle faible ou forte section de votans, aussitôt son entrée au parlement, se rallie à la masse analogue, se réduit à en être une partie aliquote, et sort de la mémoire, l'intérêt propre de ses électeurs ; dont tous les membres de l'un et de l'autre parti, ainsi confondus dans un être simple et compact, mettant de côté toutes notions, toutes tentations de sorte personnelle ou de sorte locale, votent sous la dictée de l'opinion collatérale du pays, toujours éclairée, toujours concertée.

En telle façon que le dépouillement de l'urne fatale, ne fût-ce que par l'excédant d'une seule boule, ferait la loi; d'abord, car ici la pairie ne compte plus, d'abord au roi, puis aux peuples : et en rentrant dans la question débattue, déferait et referait le cabinet, aussi bien demain qu'aujourd'hui, et sans doute autrement demain qu'aujourd'hui.

« Non : car c'est un gouvernement de composition amiable et perpétuelle;

« Non : car si les chambres abusaient de leur droit, par cela seul, celui du roi serait annulé;

« Non : car en pressant avec rigueur les conséquences de ces deux droits, tout deviendrait impossible. » (*M. le baron Pasquier*, 1829.)

Que si au mépris de l'éclatante parole de l'homme d'Etat, si en dépit du cri instinctif des gens de bonne foi, la majorité mal conseillée allait soutenir qu'il lui faut un ministère dans son sens, à son goût; et conséquemment, qu'à chaque fois qu'elle varie par le changement des votans ou des votes, il faudra sans fin et sans cesse inventer un nouveau ministère dans le sens et au goût du quart-d'heure?

Alors comme alors!

Alors, il reste le roi : il y a encore, il y a seulement le roi, duquel émana la charte, tant accueillie dans les temps, auquel retourne la charte, ainsi violée, annulée.

La création est mise à néant et le créateur demeure en sa force : le principe survit aux conséquences.

Alors, encore, il y a le roi : et ses devoirs, ses moyens sont puisés à la même source, se confondent en un même cours.

Le roi est le représentant conjoint des intérêts appelés au scrutin des colléges : et à ce titre, la charge lui incombe, de veiller à ce que leurs votes s'opèrent par un acte de volonté véritable, à ce que les élus agissent dans la direction de leurs libres vœux, et surtout dans celle de leurs besoins réels.

Le roi est le tuteur naturel de ces mêmes intérêts, jadis tenus en état de minorité, par le double défaut des lumières et des lois, maintenant rendus de nouveau à l'état de minorité, par les erreurs de la passion et par l'artifice des factions :

Et à ce titre, la tâche lui est imposée de préserver l'opinion générale, des atteintes de l'opinion partielle, de garantir l'opinion durable, des écarts de l'opinion passagère; même de prendre sous sa garde et couvrir de son égide, les besoins positifs contre le prestige des opinions factices, ce semble prédestinés à leur ruine.

De plus, le roi est le représentant obligé, le représentant unique des intérêts, dont chaque fraction est d'un poids insignifiant, dont la masse est éminemment prépondérante, qui ne sont point représentés d'après les formes légales, qui sont tenus à l'écart et mis à part; non sans le juste motif de leur impuissance à se faire valoir, mais aussi sous le faux prétexte de leur certitude d'être défendus en même temps que les autres.

Or quels intérêts, sous le rapport du nombre, que ceux de trente millions d'êtres passifs, sauf l'exception et en comparaison de soixante mille citoyens actifs !

Quels intérêts, sous le rapport du travail allié à la misère, des mœurs tenant aux habitudes, de la religion prise de naissance et seule soutenant l'existence!

Quels intérêts, sous le rapport de la rénovation insensible de la société, dont les rangs, les classes favorisées par le sort, tendent à s'altérer, à se corrompre, à s'éteindre; et que vient rajeunir et régénérer cette jeunesse élevée dans la retraite, éduquée sous la peine, imprégnée de force.

Telle est la mission du prince; mission inévitablement déléguée par la nature même des choses, mission également prescrite en devoir et pourvue de moyens, sous quelque régime que ce soit.

Et sans doute, cette mission d'ordre primitif rencontrera des résistances, éprouvera des envahissemens de la part des instutions d'ordre secondaire.

Sans doute, le prince qui seul est en droit, en état de faire instruire le débat et de prêter main-forte à l'arrêt, agit ainsi en vertu et suivant le mode du pouvoir discrétionnaire.

Sans doute, ce mode ainsi que toutes les choses remises aux soins de notre vaine race, en même temps qu'il est enjoint par les lois de la nécessité, ne laisse pas que d'exposer à des périls imminens.

Mais aussi l'autorité royale n'est investie de cette mission, n'est asservie à ces prescriptions qu'alors que les autres pouvoirs sont sortis de la règle formelle, se sont lancés en dehors de leur sphère.

Tant qu'il n'y aura point de perturbation dans le mécanisme social, il ne sera point fait appel à l'exercice du pouvoir suprême.

Jamais du fait de la royauté, de ce pouvoir créateur, modérateur, conservateur, on ne verra cesser d'être, le gouvernement de composition amiable et perpétuelle (1).

---

(1) *Discours de M. Royer-Collard* (17 mai 1820.)

L'orateur ne se dissimule pas qu'une faction ne puisse entrer par les élections dans le gouvernement, et par une majorité factieuse, aristocratique ou démocratique (car où il y en a une, il y en a plus d'une), dominer la chambre, suspendre le ministère et attirer le pouvoir exécutif dans ses mains....

« Qu'elle vienne cette faction à laquelle nos libertés doivent être immolées; que les portes de la chambre s'ouvrent pour elle, qu'elle remplisse cette enceinte; et, tandis qu'elle agitera sa turbulence, qu'ici, à cette tribune, un ministère digne du Roi et de la France l'accuse en face, et son imposture sera confondue....

« Que, s'il en est besoin, ce ministère donne au monarque le noble conseil de se fier à ses peuples et de les prendre à témoins, entre lui et les ennemis déclarés de sa couronne; la France, n'en doutez pas, la généreuse France entendra cet appel, et elle saura y répondre. Non, la France ne veut pas que le Roi rende son épée, ni qu'il soit prisonnier des factions, quelles qu'elles soient. » (Extrait de l'*Annuaire historique de* 1820.)

A PIHAN DELAFOREST, Impr., rue des Noyers, n°. 37.

www.ingramcontent.com/pod-product-compliance
Ingram Content Group UK Ltd.
Pitfield, Milton Keynes, MK11 3LW, UK
UKHW020535230726
13925UKWH00005B/2303

9 782019 279578